航跡

KAMADA Hatsune
釜田初音

北冬舎

航跡――目次

一

二

三

四　子規庵某日　二〇〇五年―二〇一一年

装丁＝大原信泉

航跡

一

沼

古きを集む、この単純のすがすがと集古館ありぶんご梅咲く

夕やみと街灯の灯のせめぎ合い春なかぞらは吊られたるまま

みずからの病を告ぐる兄の電話切りてしわれは冬の滝なる

兄さんのあばらの籠に肺臓がじっくりじっくりスモークされて

若葉より青葉にうつる刻の間を驕りてゆきぬ兄の病は

ゆうやみをしずかに水照《みて》る沼ありて兄の臥しいる病院の町

路線バスの道の傍よりひろごれるゆうべの水を沼と知りたる

夕暮るる沼のむこうに灯るがに桜木立は　必ず生きよ

花

胸ふかく清気を満たせあさなさなラジオは告げき体操のくに

地を低く鳥の翔《た》ちゆくはばたきに楽句のようなトリルはありて

ファクシミリを送れば機器を零れ落つきみの声音は雪のふたひら

石筆の白き濁りに春兆し家族写真を撮らずて久し

寸づまりのうつわにそろり従えり春のゆうべの絹ごしどうふ

土あさく埋めし切根を生い立ちて今朝あぶらなにあぶらなの花

おおいなる三ひらの羽根がはしきやし風を得てけり早苗田の上

機能美の粋のようともとんぼうの精のようとも白い風車は

花咲けばブルーシートを敷きつめてさみしい人もかなしい人も

東京のお濠の水に洗わるる友が羨しく夕さりさくら

学生寮に戻るさに潜る大鳥居くぐれば見え初む　大村益次郎

祀られし死の埒の外《と》にひりひりと桜まず咲く斎庭《ゆにわ》と思う

〈死者たちが世界にむかって祈願する〉杳き詩人は藤原定《さだむ》

おおいなる寂寥となくらまほしきを死にながらみな苦く生きいて

田安門あたりはすでに勾配をもちておりしよ葉桜の下

死者の死を生くる時代を失いてどこかで〈靖国通りは渋滞〉

庄内竿

ワイパーの振れはじめたる車窓《フロント》のはや一枚の水となりけり

振り切れてつと戻りゆくワイパーの手術するとかしないとかって

発条《バネ》のごと雨は弾けつ肺患は繊維症超えついの深やみ

ひしひしとひとつ命をまもりいる家族を夜光海域と思う

こでまりの毬花散らす雨の夜をわが二の兄は逝きてしまえり

昭和、昭和、たばこは動くアクセサリー日本専売公社耀いし

たばこ吸いし少女をひしと問いつめぬ学園山荘に霧は深かり

ひとつ言葉受けて応えしが終の会い蛇苺おのずと殖ゆる領ある

手づくりの庄内竿を兄の身に添わせて柩のふた蓋いけり

非常口

せかせかと白衣が来りうす桃に次ぎて青衣も　手術のあした

ああ遠くで何かがわたしを呼びおれば麻酔ぐすりにもんどり打って

病重き人らとならぶ寝台に麻酔ほどけて春は過ぎゆく

小さき手術受けて三日目持ち来たる藤沢周平みな読み終えぬ

弧を張りてあらがねは橋を支うるを人の世に人のまどい散《あら》けし

葉桜の照りかげりするある朝告げに来るやも人を裁けと

外交官と外交員の違いほどはなさそうだ裁判官と裁判員は

夏の陽は世界の片方にかたまりて濯ぎてもなおくぐもる葡萄

白麻の傘をすぼめてふいの闇かすかに非常口のヒト見ゆ

6Fのクリニックまでのぼりゆく日傘のほねをほきほき折りて

塔頭の道

動階段《エスカレーター》のほとりのデッドスペースに根付きて黄色の三角バケツ

百貨店と呼ばれいしころ一階のネクタイ売場にはきれいな店員

ターミナルの街にほとほと人酔いせる日もありにけり婚の浅きを

つづまりは赤いポストに放てるが銀のポストにたどりつくまで

きみが家の夜のさざめきを零しけりわれのコールに応えむとして

紅梅とし咲かむ真紅の脈絡のいずちあたりや枝はらいけり

くゎくゎと近つ烏よあああほうと遠つもありて塔頭《たつちゆう》の道

缶詰の天地の天をほとほとに倦みていくとせ白アスパラガス

オープンシャホールディングと称《よ》ぶと知りぬわたし達のあの旺文社

担任よりまして親より声高に追いつめにけり「螢雪時代」

「傾向と対策」なんぞ今にして思えば人生の戦略のはじめ

かき昏れてしぐれせりけりひと巻きの手漉きの紙をひろげてあれば

霧吹けば萎えなえし障子紙《かみ》おもむろに張りつめてけりその力はや

次世代

グルテンを溶かしたように日が暮れてむかしはげしき逃散《ちょうさん》ありき

亡き姑の暗紅色の小抽斗開くることなく氷雨は草に

目覚ましをようよう止めし朝の手に森のコビトがぶらさがってる

コットンの隧道ふかく立ちまどうゴム通し　塩のようにさむくて

花のいのちを延ばす剤《くすり》を添えられて卯月尽日水仙は鋭し

一人居の祖母のキッチンに換気扇回す少女の隣家夕映え

産業の世界に生るる次世代とうことの葉はつね希望に満ちて

「芳霞荘」　悼近藤芳美先生

「戦後短歌の牽引者—近藤芳美展」（二〇〇六年、日本現代詩歌文学館）

早暁の水辺に低く立ち動き嗾《けしか》けにけむわたしの国は

満州事変支那事変経て昂然とフェアとう戦争になだれゆきしと

妻に見せむと便箋に引ける間取り図は新居芳霞荘　芳美秋霞*の

（＊秋霞は妻年子の筆名）

シンシツに隣れる部屋は点線に引くコドモシツ「芳霞荘第一案」

芳霞荘その魂合《たまあ》える命名のコドモシツ（ヨテイ）とあればつつしむ

病む妻への手紙にインクかすれゆきまた濃くなりて夫の息づき

「早く日がたって年子が元気になるやうにこのごろそれだけです」

父母《ちちはは》の辺に病む妻へ間取り図を送りて直に受く　召集令

芳霞荘の間取り図の折り目やわらかく夫人の手彫りの手文庫ありき

自販機のこうこうと光《て》る丑三つの心も知らで秋の雨かな

ああ今朝ゆ秋の長雨に入るならむサイドミラーに天が溢れて

2006年9月1日、「近藤芳美をしのぶ会」三首

供花届き三つ四つふたつ、会場の小暗さはまた嘆きの濃さの

先生の遺影の縁を飾るなら野を渉る風の中の花こそ

しろたえの花ひともとをたてまつり吾はぬかずきぬただぬかずきぬ

素

なにか、こう、雲湧くようにまつわるわ浴槽《バス》ふかくあつい湯が入りきて
素はだかを曝しぬとふと思いたり眉根寄せつつめがね外せば

樹の下によこたう裸婦のゆたゆたと呆けゆきつつ母が刺繡《さ》したる

トンネルを抜けてさっくり拡ごれる秋に遇いたり小さき旅の

山あいの空を飛び分く鳶、蜻蛉、羽根あるもののさびしきことよ

窓ちかく巣くうすずめに空澄みて咥えくるわらくずの太けれ

柾木垣つづくかぎりの柾木の葉食む尺取り虫《しやくとり》の雨が辻なる

泣きたければ雨夜寄りゆきぬ白萩の枝垂《しだ》るる庭をまなこに閉じて

紐育／NY

高校時代の同期の男女八人でニューヨークへ行った。マンハッタンの古びたアパートを借り、時折りは自炊しながら、周辺を歩き回ったり、遠出をしたりした。

入国するわれらに対《むか》う国びとはおおかたは非アングロサクソン

液体《リキッド》も半液体《ゲル》もたしかに持ってます体からどうぞ抜きとってみて

腰高の桃尻検査官の目をかい潜りきぬわれの嗽い薬《イソジン》

からごろも紐《にゅう》、紐育《にゅうようく》のはじまりはショルダーバッグを掛け直したる

あかねさす日のひすぱにくうばたまの夜のあふりか系ＮＹはや

一国のここは巨大な浅瀬ならむ人の種の職の種の浮きて跳ねいて

ジョン・レノンの窓よりほしいままならむ借景としてセントラルパーク

「魔笛」にははてさてムーア人出で来ずここなむ美し国　アメリカ

ＮＹ地下鉄車内の文言広告
ドアの辺に立ってる人はいつの日かあなたの Boss になるやもしれず

９・11 爆心地にも市民のモラルを説くプレートが多かった
文言はあまき果実を約束し米国のこのプラグマティズム

＊

ニューヨークを鉄路に発てるふいにして廃屋つづく郊外に入る

ワシントンDCへ　二首

日米の体格の差のあざやかにいいえ鉄路を奔る車体の

爆音は滝の仕業にありたれば国境にメイプルのさんさん

ヒスパニックのパレードは果て行き交うも行き連るるもまた夕冷えの街

草枕旅の終なるあさささむはサトウのごはんを潤ばせにけり

女系

美しい日本も川端《かわばた》康成あたりまで　バスタブにさすらう夜の柚子

アクセントの移行だろうねつづまりは、　わたしの耳をよろこばせるは

土鍋に米のとぎ汁べんべんと煮立ちゆきたり遠し日本海

この雪は多分根雪になるだろう親族《うから》らの声潤みはじめて

ふるさとの雪にかつては根がありて冬籠りとうぬくとき時間

背のびしてソケットの弁〝じ〟とねじりだいだい色の灯を拡げにし

お積《せき》はんのお子はお善《よし》ちゃ、お善《よし》ちゃのむすめのわれらもて女系消ぬ

ふぁらふぁらと殖えるわよっていもうとがイタリアンパセリの土零しつつ

冴えかえるある日は癒えゆく兄の声すこし透りて白鳥去りぬ

酢にむせるような二月の朝光は革のコートの子を紛れしむ

二

昭和猫

勝手裏にゆまりののちの砂かぶせ息の緒せつとわが昭和猫

草食みて吐きし毛玉の光りいき家猫におのが生活ありて

受験期に汝が交尾を知りにけり黐《もち》の枯葉がピシピシ鳴りいき

からまってしまった和毛《にこげ》あったよねさぐればおまえいやがったよね

死に水をこわごわとりてやりにけり西陽はげしき厨の莫蓙に

ほとほとに何に疲れぬ口中に飴の肉桂《ニッキ》はひらめくごとし

あぶら壺の油ぶあつき朝々の今日ハクレンはらら、とほころぶ

カビの道たどればカビの巣ありとぞ疾風《はやち》の朝の古墳の記事《ニュース》

ローズマリーの針葉まぶせる肉片のかぐわしうして花の寒さや

とりどりの木の花々やＴＯＴＯは嗄《か》れ嗄《が》れに水吐き終えてける

浮かびくるひとつ意識に塩素臭まつわりて春は徒らなりし

雨が降る、風吹く、日照る、動詞らはこぞりて一途になりてしまえり

単位《ユニット》

母胎より墓処のさ闇へひと続きむらさき冷えて藤の貴《あて》なる

杉菜とうやさしき韻のひとむらの手にシャキシャキといのちは強《こわ》し

凍て肉の溶くればぬぐうペーパーの韓紅《からくれない》はせつなかりける

おのもおのも死者とのえにし量りつつ斎場の椅子ゆずり合いおり

葬送のおんじきを為す一族を単位《ユニット》と思う生き合いて来し

もののの影するどき朝をピーナッツバターはわれの息よりぬくし

もうすでに敗者にあらむ美しき甲虫はわが身めぐり飛びて

加藤さん、さて加藤さん、古舘伊知郎《キャスター》が今宵も繫ぐ五音七音

せきせきと家居の息子はめがね拭く世界が洗われる日のために

珈琲のおかわりたのむ吉田漱のめがねはうそさむく曇りいし

昼野球《デイゲーム》観ている夫の椅子きしみ外の面に増殖してゆくみどり

方寸

首都圏と東北の故郷に二の兄、四の兄が前後して病み、二の兄を失った

ああ雲がたなびくようにねむりいき夕かたまけて集中治療室《I・C・U》に

意識とおくとばされし闇の烈しさをわかち合いつつ山河をへだつ

死に近き兄のことばは甘やかに親族《うから》らの闇を上澄みてゆく

予後という運河のぼうと明るめり満ち干はありて刻のやさしさ

夜明き駅舎はしずかふるさとにまたのいのちを賜いぬ　四の兄

父の日に父思わねど水無月は行きつ戻りつわれの方寸

スカートの箱ひだなにか秘密めきあれは戦後の少女にふさう

永遠に大豆になれぬ枝豆を莢から唇《くち》の間へ　乾杯《スコール》

はしぶとのあいつが今朝も鳴いているお椀ぽこぽこ伏せゆくように

どの車もわれの前にて吃音のように路面をこすりてゆきぬ

頑是ないもの

殺めたる軍馬の最期の眸《め》を告げしのみの叔父とぞ八月が来ぬ

夜学校に古典講ずる父なりきポツダム教師とおのれ蔑して

店じまいしてしまいたる賞杯《カップ》屋の光のくがねしろがねいずこ

先生に会いたくってと告げ来しを宗教勧めぬグロス輝《て》らせて

えびの頭《ず》の尖《さき》にいためし指さきが月の暈ほどとがめはじめる

冷房に冷えきった身を沈むればおも湯のような湯と思いたり

頑是ないものがいつしかとっぷりと私をおおう皮膜となりて

ねむってはいけない国ですベンチには仕切りがありてかんかんと秋

金品にこだわる顔の言うなれば目と頬の間が赤味をおぶる

現金が出てでてくるまでくり返し動画《アニメ》の女男が礼《いや》してぞ笑む

ぬかずける黒衣は傘をはみ出して雨の破線を走らせており

わるい癖

たまごたまご鍋のたぎちに洩らしたる白身ひとすじ離さずにける

不穏なる気配はかくやと思わせてお椀に味噌の雲は湧き立つ

溢れんとしてあふれざる水甕が頭《ず》ふかくありて芹の青々《せいせい》

両手首のちから抜きたるたまゆらをぽんとアスパラガスは折れたり

鏡面の傾ぎたるまま映せるはどこにもあらぬ空《くう》の稠密

網膜のぼろ塞がれて幾年《いくとせ》や駅西口はたれも足早

わるい癖ありましてこの右まなこふらっと寒月見に行ったよう

まなそこに封じたりしを暗澹はふいににじみて月の下なる

新しい切手の鳥にケージなく幻痛のように日は暮れてゆく

薬包の折り目に薬包つぎつぎとさし込まれいて母がまだ居て

木瓜の実のかたくて青い恋情に三年《みとせ》を過ぎぬとわに過ぎなむ

あれは晩年

浮きていし万年青《おもと》の朱実《あけみ》沈めては凍ててしまえる朝の水あり

カポックの硬葉《こわば》にさんと散水し冬の私　虹を生れしむ

乙の子の胸をおおえるテーピングテープは鱈の白子色なる

肩寄りに折れし鎖骨が切っ先のように跳ねいてフィルムの暗《やみ》

双の手にショック走りて割りばしは折れなむまして若き鎖骨は

戦争にかかわる何の縁なきを恥しみて近藤芳美門下

衰えしまなこに触れずわが歌集撫で給いけり　あれは晩年

生と死を問いて激しき終の歌読みなずみてなお何の喜び

「純粋のとき」に在《いま》せし師の遠みゆうべ聴きに来ぬＪ・Ｓ・バッハ

素描

傍聴を重ねてきたる裁判のひとつ思いを春の苞立つ

家居続くおまえのしゃくり聞くものよ昨日《きそ》ジャマイカに月は蝕《は》まれし

〈新入りの家族〉と題するみどりごは哲学の、そう、素描のようだ

ゆうぐれの水田を数枚《すまい》直ぐ立てたようなビルなり寒の底ひに

廂《ひ》あわいの錆びしフェンスに体《たい》うちてきさらぎ尽の風の龍なる

朝の羽虫きらきらと睦み合いいしがふいにかき消え椿は紅し

なかぞらの空《くう》埋むるごと花咲かむいつさえをきみの確かなる意志

軒下に活けいし葱の減りながら穂さき黄ばみて春は立ちたり

一冊の天地

秘め事のごとく知りけり新婚のちちははが六甲に病み養いし

縁側の寝椅子のつるのほつれしを神戸の暮しの名残りと知らずき

獣肉は海石《いくり》のごとくたぎつ湯に見えかくれして春は惜しまむ

古文書の花押のような武勇伝ありにき昭和はモガの叔母さま

わが叔母の婚礼写真の片はしにやさぐれて美《は》し片岡鉄兵

この夜らの　いつか明けなむ　この夜らの　明けはなれなば　をみな来て
はりを洗はむ　こひまろび　明かしかねけり　長きこの世を（良寛）

良寛の一首尋めゆき一冊の天に付箋を地にも付箋を

「をみな来て針魚《はりを》洗はむ」と読み解きし斎藤茂吉をしばし思えり

吉野作造賞『戦争と平和』（一九八九年）二首

人類の平和な時間を足しゆけど足しゆけど夏の夜のみじかさ

うらわかき学究にして猪口邦子今日の世界を予見しにしを

飴色の革ひとひらに似る国土旗にしるるして独立をせる*

（*2008年コソボ共和国）

一匹のネズミほどなり洗濯槽《ウオッシャー》のポケットに溜めし繊維のくずは

蟹のごと蠢きながらランナーは起き上り ゆく白日の弧へ

ゆきがけの駄賃

歌ひとつ収穫せむと十薬の浅瀬を漕ぎて夏のおどろへ

ポプラーを揺り上ぐる風にゆれやまぬ枝々の並みておのがじしなる

あああと声に出ずるはかれがれの深処かかえて置きどころなく

さなきだにさみしきものを涙腺の孔と同じきを女性器に見つ

ママさんもいつかは分かると片笑みて姑上《ははうえ》はひっそりとお医者へ行きぬ

夫、二首

ゆきがけの駄賃のように門の辺に引き抜きし草置きて出でゆく

サンダルをしぶかせにつつ輪ゴムかかる新書小脇に戻り来たりぬ

ぞうさんの如雨露に街の理髪店エアコンの排する水溜めて

モクセイの香れる域に一葉のおくつきありて雨は小止みに

樋口家と彫られしのみの一葉の墓に降りけむ一葉の雨

蜘蛛

職場の旧友Sの「クモの網の構造と機能の研究展」にて

水色とほんとの水のような色だんだらにあり晩秋の空

クモのようにたくさんお子をお産みなさい言祝ぐ上司は蜘蛛の碩学

孵りあうクモのはらからひしめけるひと時ありて葉陰の〈団居《まどい》〉

クモの子を散らすようにという比喩をクモはいつから背負ったのだろう

散らさるる子グモものみな戻れるも糸の力ぞ命の綱ぞ

お尻から糸を流して待ちているクモにあれかし上昇気流

クモの糸きらきら浮けるおおぞらゆ里に雪来む　君娶らざる

上司、同僚《とも》の蜘蛛のえにしにわれもまた壁這いゆくを手にのせており

白壁に冬の日差しは移ろうをほろほろ歩む蜘蛛を愛しむ

にがい朝

葉おもてをいそしみし蟻のしろがねの道すじはつねかがやきにける

洗い桶に浮きいる茄子のひとつはや身を打ちやまぬ水を逸れざる

今日もにがい朝のようだ部屋住みの子が打たせいる水の拗音

雨脚に音消されいるテレビには座卓が動くごとき軍行進《パレード》

これの世を働き終えしひとびとの早やわれよりも若くなりたる

悼本林勝夫先生

先生亡き庭に仰げる木守りの柿の錆朱をかなしみにけり

病院のベッドが狭いのなんのって…夫人の告げる先生は　先生

官学を退きし泰斗のいくたりを仰ぐ学部に君若かりき

二文字ほど白き液もて凝らせし終のハガキに手触れてわれは

外野よりおおかたは雲の行き方を見放けていけむ本林勝夫

短歌《うた》につながるえにしの太きむすび目の斎藤茂吉をきみのたまいき

三

灰汁

かわたれのさ庭に溶けていたりしが紅梅いまし紅《こう》あらわなる

たそがれのさ庭にいましかき消えつひしひしとひと日紅梅たりし

園芸用と刷られしふくろを曇らする黒土の息ざしに冬果つ

三月の雨を戻りぬ金銀《きんぎん》の草の音色のチェンバロ聴きて

虚・実・虚・実・虚・実・実　入鋏のリズム失したる駅員を思う

浅瀬ゆくたぎちはつねに始祖鳥のすがたに流れ元にあらざる

木の花のなべて過ぎたりスープの灰汁《あく》さらいてもさらいても湧ききて

花参らせ香《こう》燻らせて鉦《かね》叩きぬああみほとけは五感なるらめ

日蝕《は》ゆるを見むとし来たる中国の邑は地と水ひとつづきなる

地《つち》すれすれ真夏の水を湛えいる水路のあまた蘇州田園

わずか傾ぐ古塔のかたえ蝕尽の日にまみえずき　慈姑《くわい》ほろほろ

吻《くち》あとを芯としひろごる発赤の楕円なすとき失意はありぬ

バスタブの磨き方なぞ指南するわたしの息子はいわば家刀自《いえとじ》

朝まだき物書くわれの頭《ず》の上に息子がベッドをみじかく出入る

「母語」の夏

「女童《めわらは》は人形にルージュひき終へて」戦いは過ぎて父に詠まれし

僧衣の羅《ら》透かせて御院主《ごいんじょ》御座らした蟬のもろ声降る門うちを

小松屋の養老飴を取らはんしぇ藍《あい》色すずしげな切子の皿の

え《エ》、違う《チガウ》、違うってば《チガウデバ》、やだわ《ヤダゴド》、やめて《ヤメデ》、ああ恥かしい《笑止笑止》　フフ花魁草《おいらんそう》

祖母のそこひが進んで

おや《アイヤー》、まあ《マア》　すみませんけど《不調法デスドモ》どなたでしょう《ドナタデガンショ》　ま白い韮の花が咲いたよ

火照るまで乾けるあまた取り込めばまずは曝《さぼ》せとおおははの声

青物の色止め

たぎつ湯を胡瓜に見せよという母の厨のおしえ　ひぐらしが鳴く

わが胸の走れば痛き十代の天にも地にも夏の河あり

生の滴り

肉眼を超えたるもののまなこして戻りぬ螺鈿のようなる夜を

さくら色の湯気にかがみをすっぽりと覆う息子を見てしまいたり

たばこの灰たばこの先にとどまれるように枯れ初む木賊《とくさ》ひとむら

地を這いてわあっと殖えいるあの草は青磁色なりし寝ねがてに思う

〇〇〇〇〇〇《朱墨のしずく》ヽヽヽヽヽ《雨のしずく》の圏点はしたたりやまで子規の評論

六弁をさんとひらきし白百合は沙蚕《ごかい》に似たるおしべを垂れて

エッフェル塔三十六景彫りて摺りしアンリ・リヴィエール、吉田《よしだ》漱さんに似る

航跡

混み合えるさ枝の中に鳥の尾が寒きひかりを散らしておりぬ

剝きのこるりんごの皮の赤ければ華やぎていん冬の塩水

おおいなる雲一族の見降ろしにしんかんとして旧市ありける

北前船の往来《ゆきき》に栄えしその上《かみ》の上方のこれやこのうす味

一山の左右なる気流競りおらん冠雪をまた雲が隠しぬ

庭石のへこみを埋めて鬱然と苔は生《む》しいき今に思えば

生れし家の手漉きガラスのうろうろといつもよろこびは後れて来たる

つる桔梗と今日は知りたり土付けて母が抜き来しむらさきの花

一片食《ひとかたけ》とうひびかいを言うこともまして聞くことあらなく　母よ

妹のつくりし蒸焼牛《ビーフ》ずっしりと手にありさよう一片食《ひとかたけ》分

ひと刷けの残照を海に見降ろしてちちははのくにを離り来たりぬ

岸壁に塞かれてひだなす航跡のいかようにに吾にこの後あらむ

裸火

日のかげるホームのかなた石筍のしずけきさまに人らは佇てる

風あらき私鉄の駅に別れたりかたみにコートから喪の服見せて

行方知れぬきみの声あり芽ぐみしも花まで間ある某日《あるひ》の午後は

兄二人欠いてしまいしはらからのわれら露わに冬の急ぎの

おもむろに此がのどぼとけと掲げられきハクレンは今朝光体となる

献寿とう朱《あけ》がひらりと舞い込みぬ欠礼の一月一日の朝

裸火のひとつ守るごとおとめごは父《パパ》の最期のことば伝えて

かどばった弧をほどかれし傘の骨が寄り合いぬわが朝の手に

すずめと蕎

ゆりちゃんちのお便所の底にきらきらと畑のひかりがさしこんでたよ

安静を守りし杳くうるうるの寒天質のいのちと思いき

扁額の芙蓉峰の雪ぼうぼうと幾夜ありけむ　マタニティーブルー

くらやみをなにやらしらしらと動きいきひきめかぎばなひきめかぎばな

胎ふかく体《たい》となりゆくみちのりを畏るれば真夜の車群途絶えぬ

あかんぼの頸椎一処支えんとちから加減は火のするどさに

カステラ色の朝日に滲む土偶とも見えしよ汝のいすの後姿

長椅子に寝入る青年心技体統《す》べゆくごとき鼾かきゆく

一本の父の黒髪に遇いにけり天金の書の深き谷間に

窓の青葉に映ゆるノートと気付きたり顔あげて夫に応えしのちに

ビルおおう布に紛れし夕風の滝昇りゆく魚のごとかる

軒ふかくすずめ安らい草深く蟇は黙《もだ》して清き夜ならむ

「未来」校正作業

いつの間の夏のしげりの濃く淡くある日届きぬきみの小説

「滝沢」のすみに活字を正し合いき謐《しず》かなりけり半井澄子さん

同人誌率いるきみとは知らざりきかたくなにして域護りけむ

「ボッポボッポー…」小説に読む山鳩のその鳴き声はしみじみと君

片かげる美しき横顔を想い出ず一字にこだわりしプロ安藤悦子さん

文字の適切互みに確かめ背もたれに　つまむ葛菓子が舌に溶けゆく

その文字を使いし心映え探るよろこびありて校正作業

くすりとほこり

菱形に射しこみてくる朝かげに毛布たたみし微塵があそぶ

食道と胃のさかいめを粘膜の色をたがえて身体のあり

口腔にへばりつくのが散薬なりぱらぱらと散るのが顆粒なる

口腔に散らばる顆粒におそらくは急流だろう「六甲の水」

一包のくすりのために上向きて電灯《あかり》の紐のあたりを視野に

あかりより紐垂れておれど使わねば無用の長細きものとしてある

ほこり付きし紐よ昭和の長き代をのぼりくだりに明暗ありき

あてどなきほこりのすがりつきていむ人のくらしのさしさわらねば

太虚《おおぞら》の塵埃に成るこの星に有象無象のおくすりがある

散薬よりはるかに微《かそ》けき粒子としイトカワよりの客人《まれびと》のある

角度もてる壁に掛けおく鏡にはオールドローズのゆうべがありぬ

冬下駄

勝手口に脱がれし母の冬下駄はつま皮のうちに小暗《おやみ》ありける

ぬばたまの羽織のうらに雁来紅《がんらいこう》なびかいて母の老い極まりき

深病《ふかやみ》の兄に過ぎたる幾とせを白髪はしろがねのひかり湛え来

同期会の酔いのなごりに聞くものか白鳥の餌付けやめしとうふるさと

白鳥は二羽三羽より来始めきシベリア思いて吾は幼けれ

歳月は思い出二、三組み替えて亡き兄さんを近づけてくる

紅白に塗り分けられし鋼鉄の門型起重機はガンダムに似て

展望台の廻廊を移りゆく声のからんと日本海は冬凪

ゆずり葉の茎のくれないほどの悲が兆してわれの除夜となりたる

流れ弾貫きし青き壁あるをいくさの証に生家ありけり

いくたびも聞かされたれば防空頭巾《オボーシ》！とさわぐ二歳がまなうらにいる

地下中央大通路《コンコース》

のちのち《司法権力》に悪させぬようこの機密溶かしましょうよバターのように

起こそうかと思ったと聞くうなされて見えたるわれは火《ほ》めきていしを

湯気分けてふかく搊える白飯《しらいい》は乳房のごときまろみをもてる

俎のうえのメカブはおみなごの胸処《むなど》飾れるフリルのごとし

門脇に吊るす寒暖計のぞき出でてゆきたり週の執務に

聳え立つ石壁さむき聖堂にミサあり紛れてバッハに浸る

近づけば梢《うれ》を離れゆくすずめすずめ瞬きほどの遅速はありて

はなやげる隊伍も組まず雀らは散りて戻りぬ冬のこずえに

デオドラント香のただようところ過ぎ地下中央大通路《コンコース》を私鉄の領へ

背丈越すイネ科種々過《くさぐさよぎ》りくる風あり水の重たさを率いて

対岸のはたては春や団地群広ごりながらかぎろいにけり

土手の草痛きまで乾《ひ》るひとところ泡立つようにみどりが萌ゆる

四　子規庵某日

二〇〇五年―二〇一一年

1　夕影

石蕗《つわぶき》のあさかげの領出ずるなく生あわあわと蝶のむらさき

草に浮き草にぞ沈み蝶がおり長き長き晩年の庭

人生は年譜に如かず常規がいきいきとせり子規が泣きおり

柿の木の切られてまなき断面につぎつぎと手を人はさみしき

水は忍者《しのび》、山は豪族のよう陸地測量部制にっぽんの地図

濃みどりの渦うつくしき身を灶《た》かれあまだむ軽の灰になりける

すべて世はかくて事なけむひと株の芙蓉に一尾の毛虫真青し

「へちま忌特別展」

たたみ縁《べり》すりて敷居を踏みてゆくあまたの足思い　やるせなかりき

長塚節生家　二首

『炭焼きの娘』の稿の綴紐のふくだみながら書院かそけし

半円のなかばを失する虹の根が透けながらあり馬手《めて》の山すそ

＊

旧暦十二月二十四日　蕪村忌

蕪村忌は年の内にや正月やああ祖父《おおちち》の暦が欲しい

両刃《もろは》もて輪に切りてゆく大根のかすか斜《なだ》りをもちはじめたる

大鍋にしぐるるように大根《すずしろ》は炊き上がりたり今宵お逮夜《たいや》

蕪に替え大根を炊き子規庵の庭にふるまう年の瀬にして

蕪村忌を修せし子規の大切を大切として空の冬晴れ

蕪村忌に蕪の風呂吹き献じたる子規とその弟子数十人ありし

人々がお寒い体軀でありし頃子規の座敷は百畳敷よ

水汲みの歌俳をのこし朽ち果つる井筒に春のあられたばしる

繃帯をあまた洗いしつるべ 井戸朽ちはてにけり草の悲泣に

はしぶとが文庫蔵《おくら》の屋根に降り立てば朝の空気が弛みはじめぬ

子規遺墨　二首

大幅《たいふく》に何言祝《ことほ》ぐと寄せ書きせし署されし規、の片しぐれして

かの人の使いかけたる朱墨《しゆずみ》よりにじめる朱を断念と思う

風俗の巷《ちまた》の芯部に子規旧居ありて蚊遣に燻る文芸

文庫蔵《おくら》鎖すしばし土戸の仄白く夕影は草の穂にまつわる

鶯谷のうぐいす色の階見上げい行くおのれを自画像と思う

2　つゆしぐれ

受付のきみと二人で子規庵のひと日守りて午後の花冷え

病床ゆ腹這いながら敷居越えある日は子規の大陸旅行

子規の酒田　わたしの酒田

港近き松かげの道辿りゆきき旅にしあれば子規は花街《かがい》へ

タクシーを駆りてぞ子規の足跡をなぞりぬ公園下の花街へ

出で入りを禁じられたるこの町をのぞきしよ紅燈つらなりていき

さびれ果てし巷はありぬ名残りとしありし旅籠《はたご》も今はあらなく

下駄ばきに旅立ちたるをぬぎ捨ててわらじもて行きぬ出羽酒田より

ごま油たぎれるような濁流は海を呑まんと海に呑まれて

瓶ふかく梅の精髄《エキス》の凪ぎゆかばまぼろしに立ちそめむ近代

ふるさとにちちははの部屋ありありて密雲のごとわれはねむりぬ

*

蜘蛛の巣のごと逓信のシステムを起こせりあかねさしゆく明治

溲瓶を呼ぶ、紅茶を命ず、ああ昏きみどりの裏を胞子が埋めて

＊

子規の隅田川沿いの足跡をめぐる　五首

ぐいーんぐいーんとカイトの鶴を統《す》べながら呼び出しおり水辺の夏を

プレートはかつて秣場《まぐさば》と伝えいて死馬捨て場跡熱きほてりに

日本のある産業を担いしとあっさり言えばあっさりと聞く

死馬捨て場跡を人らの去りたれば川風ありて石塔を過ぐ

枯芝にまぎれずもやと嵩なして犬のにこげのきつね色なる

あてどなく古書市巡るすがしさに求めぬ古文書入門図録

水平と垂直というあの感じわれに甦りて子規の人力車

すべなくて子規の教えに殉ぜむと「阿迦雲《あかぐも》」に集《よ》りき「アララギ」を遠く

寒川鼠骨

東国に露子、露月居て上方に露石の居れば子規、つゆしぐれ

3　明治の悲傷図《ピエタ》

菩薩にあらず（以下五首、旧かなづかひ）

律さんにまつはるりえんりえんとふひびかひ淡くをみななりけり

看取りしはほんたうでありし文へしは伝説である　寒気が銹びて

兄《あに》さんの阿鼻のそびらに口寄せて膿吸ひしやは菩薩にあらず

ことがらをおし展げゆく精神のシャワーの外に子規のいもうと

近代の晨《あした》生れたる正岡律　兄のかたへの生を選びき

荒川のここより下る赤羽の土手につくしを摘みたり律さん

塀こえてのうぜんかずらこぼれ咲く道を曲がれば錐体の空

へちま忌近く

一日《ひとひ》花《ばな》咲《ひら》かするごと三たび四たびあしたの顔に水浴びせおり

子規にあらずて旧居に関わりているのみと思えば花は紅《こう》をねじりて

「コレッジ集を読む」とある、子規がね。コールリッジと当たりをつけぬ

子規旧居に関わりている日の常の今日は知りたり牡丹「薄氷《うすらひ》」

「薄氷《うすらひ》」という牡丹の紅の散るまでを目守《も》りしも生の里程なりけむ

漆黒の布にひねもす閉ざさるる鈴虫は為す声の荘厳

「いまひとたび痛いといふてお見、」升《のぼ》よ、月下なりけり明治の悲傷図《ピエタ》

親子三人《みたり》に完結したる一家族ありて夕べは昏れなずみつつ

端近く花かず殖やし生いゆける木はいつよりか無蓋の思念

子規旧居をひと日護りしやすけさの上野のお山たそがれてゆく

楊梅《やまもも》の木肌は英知のごとく光り下草長《た》けし昼下りなる

解《ほど》きては水に晒してまた結える竹垣ありて秋さりにけり

あとがき

本集は二〇〇五年に刊行した『渡河』につづく第三歌集である。この間に、うたの初めから師事してきた近藤芳美先生が亡くなられた。あれから七年が過ぎたが、賜ったご指導は私の誇りとなっている。先生のなにげない受け応えのお声はすぐにもなつかしく甦ってくる。改めて感謝の思いを捧げる。

また、この間には、大学時代の恩師本林勝夫先生とも永訣せねばならなかった。私の短歌の遅い出発を祝福し、近藤芳美に学ぶことを励ましていただいた。遥かなる日々の学窓に、少壮の斎藤茂吉研究者であったおもかげを慕いつつ、哀悼の思いを捧げたい。

正岡子規の旧居、根岸の子規庵での維持保存の仕事は十数年を経た。最近、子規の友人、弟子たちに、いっそう思いを致している。子規没後に人々は子規を顕彰するべく、碑を建てることを思い立った。しかし、急拠、その計画を中断してイギリスの歴史家カーライルの例（旧宅をカーライル博物館とした）に倣い、子規庵をそのまま遺すという顕彰をやり遂げたのであった。現在の子規庵は戦後の再建であるが、ひとたびひとりの人の存在に充たされた空間の放つ力というものを、彼らは見通すことができたのだろうと思う。

本集は東日本大震災以前までに「未来」に掲載されたうたから選んだものがおおよそで、わずかに総合誌に発表したものを加えている。全体を四部構成としたが、第四部「子規庵某日」は子規庵での日々のうただけでまとめてみた。

歌集題は「岸壁に塞かれてひだなす航跡のいかようにわれにこの後あらむ」より取って『航跡』とした。

昨年の秋より、郷里にある「酒田短歌会」に入会した。昭和のはじめに私の父たちが立ち上げた、超結社の小さな会である。年齢のせいだろうか、父の関わった会の末席に連なってみたいと思うようになったのである。私事ながら記しておきたい。

いつも「未来」の多くの方々にお世話になっている。ここ一、二年、身体の不調が続いたが、なにかと支えていただいた。みなさま、ありがとうございました。また、前述の(財)子規庵保存会には、長期に休養するように配慮していただいた。この場を借りて、記して感謝申し上げる。さらに、前歌集『渡河』に続いて味わいのある装丁をしてくださった大原信泉氏に御礼申し上げる。丁寧に校正してくださった尾澤孝氏に感謝申し上げる。そして、前歌集と変わらずに、さまざまなお力を頂戴した北冬舎の柳下和久氏に深謝申し上げたい。

二〇一三年八月　　かつてないほどの暑さの日に

釜田初音

本書収録の作品は２００５（平成17）―２０１１年（平成23）に制作された３９１首です。本書は著者の第三歌集になります。

著者略歴

釜田初音

かまだはつね

1943年(昭和18年)、山形県酒田市生まれ。共立女子大学文学部卒業。85年、「未来」入会。95年(平成7年)、第一歌集『夢の耳』(砂子屋書房)、2005年、第二歌集『渡河』(北冬舎)刊行。95年より「未来」編集委員。2000年より「(財)子規庵保存会」評議員。13年秋、「酒田短歌会」入会。

住所=〒171-0022東京都豊島区南池袋3-10-15

航跡《こうせき》

2013年11月20日　初版印刷

2013年11月30日　初版発行

著者

釜田初音

発行人

柳下和久

発行所

北冬舎

〒101-0062東京都千代田区神田駿河台1-5-6-408

電話・FAX　03-3292-0350

振替口座　00130-7-74750

http://hokutousya.jimdo.com/

印刷・製本　株式会社シナノ

ISBN978-4-903792-45-3